AF537777

Die Amsel

von

Stefan Bosch

Peter W. W. Lurz

Die Neue Brehm-Bücherei

Inhaltsverzeichnis

Warum ein Buch über die Amsel?

Amseln zählen zu unseren bekanntesten und beliebtesten Gartenvögeln. Sie sind aus den Wäldern in die Dörfer und Städte gezogen und beleben nun unsere Gärten und Parks.
Die schwarzbraunen Singvögel begegnen dir das ganze Jahr über und den ganzen Tag: Wenn du morgens früh aufstehst, singen sie bereits mit Energie ihre melodiösen Lieder. Und wenn du abends zu Bett gehst, singen oder zetern sie noch immer vor deinem Fenster.

Dieses Buch zeigt dir viele interessante Dinge über diese faszinierenden Singvögel:

- Wozu dient der gelborange Schnabel?
- Wie oft brüten Amseln?
- Wie viele Amseln leben in unserer Nachbarschaft?
- Wann und wo kann man sie am besten beobachten?
- Weshalb sind im August kaum Amseln zu sehen?

Diese und viele andere Fragen wollen wir beantworten. So kannst du Amseln besser kennenlernen und verstehen.

Kannst du erkennen, was diese Amsel erbeutet hat? Mehr darüber, was Amseln gerne fressen, erfährst du auf den Seiten 42-45.

Wenn du solch einen ausgepickten Apfel entdeckst: Hier war eine hungrige Amsel am Werk.

Amselweibchen

Amselmännchen

Regenwürmer sind echte Leckerbissen für Amseln – Beeren aber auch!

Steckbrief: Die Amsel

Beschreibung:

- ein begnadeter Sänger
- kennt viele weiche, flötende Gesangsstrophen
- einer unserer häufigsten und bekanntesten Gartenvögel

Wohnort:

- baut sein napfförmiges Nest in fast jedem Garten, in vielen Parks
- war früher ein reiner Waldbewohner
- kann sich gut an vom Menschen gestaltete Lebensbedingungen anpassen und hat es geschafft, unsere Siedlungen als Lebensraum zu nutzen

Merkmale:

- mittelgroßer Singvogel
- Gefieder beim Weibchen braun, beim Männchen schwarz
- Schnabel beim Weibchen mattbraun bis gelb, beim erwachsenen Männchen gelborange, im ersten Lebensjahr dunkel

Typische Eigenschaften:

- kann das ganze Jahr hindurch bei uns beobachtet werden; man sagt, die Amsel ist ein „Jahresvogel“
- frisst gerne Regenwürmer und Früchte

Wie du dich in diesem Buch zurechtfindest

Zu allen wichtigen Informationen findest du tolle **Fotos und Zeichnungen**, die dir dabei helfen, das Gelesene besser zu verstehen.

Im **Haupttext** stehen interessante und ausführliche Informationen über Aussehen, Lebensweise und Verhalten der Amseln. Du kannst diesen Text selber lesen oder ihn dir vorlesen lassen.

Wenn du es ganz genau wissen willst, findest du in der Randspalte mit dem **Symbol „Wissen"** vertiefende Informationen. Diese Informationen sind manchmal nicht einfach zu verstehen. Bitte doch jemanden, diese Texte mit dir gemeinsam zu lesen und darüber zu sprechen.

Das **Symbol „Tipp"** gibt dir Hinweise auf spannende Dinge zum Thema Amsel, die du unternehmen oder die du hinten im Buch nachlesen kannst.

Wo Amseln leben

Naturnahe Rasenflächen und Wiesen bieten Amseln Gelegenheit, Regenwürmer zu erbeuten. Vor allem aber Beeren tragende Sträucher sind ergiebige Nahrungsquellen, an denen die Vögel Energie tanken können.

Zufütterung benötigen Amseln nicht, wenn sie im Garten genügend Beeren, Regenwürmer und Fallobst finden können. Bleibt unter Sträuchern Laub liegen, rascheln dort den ganzen Winter über nahrungssuchende Amseln!

NBB Tipp

Bitte: Grundsätzlich in Gärten und Grünanlagen keine Giftstoffe verwenden! Unerwünschte Kräuter hält man mit Hacke, Unkrautfolie usw. klein. In naturnahen Gärten werden die „natürlichen Feinde" von Insekten gefördert: …eisen, Marienkäfer und Igel. So … meist der Gifteinsatz.

Vielleicht ist das der Lieblingsplatz der Amsel: eine Ligusterhecke voller Beeren. Wenn du ganz genau hinschaust, erkennst du die Krallen der Amsel.

NBB Wissen

Garten – tierfreundlich!
Zwar gibt es für den Einsatz im Garten spezielle Gifte, die unerwünschte Insekten, Blattpflanzen, Pilze oder Schnecken abtöten. Werden junge Amseln jedoch mit vergifteten Blattläusen oder Raupen gefüttert, können sie wegen des vielen Gifts in ihrer Nahrung sterben.

Eine Gefahr für viele bei uns heimischen Pflanzen- und Tierarten sind auch die modernen Stein- und Schotter-Gärten. Sie sind zwar auf den ersten Blick ordentlich und pflegeleicht, stellen aber für viele Lebewesen eine lebensfeindliche Wüste dar.

25

Auch im Winter kannst du Amseln im Garten beobachten. Hier picken sie Äpfel, die auf dem Schnee liegen.

Wenn Amseln ihr Federkleid aufplustern, schützen die Luftschichten zwischen den Federn vor der Kälte (➜ S. 47).

Amseln im Lauf der Jahreszeiten

Im Jahreslauf halten sich Amseln gerne an ganz unterschiedlichen Plätzen auf. Wer sie kennt, kann sie dort bestens beobachten.

Bei Frost und Schnee kommen Amseln mit Vorliebe in unsere Gärten. Aufgeplustert sitzen sie unterm Futterhaus und picken Äpfel und Haferflocken (➜ S. 42).

Auch in Parkanlagen oder unter Obstbäumen finden sich oft größere Gruppen ein, um von den Früchten zu fressen.

Im Frühling singen Amseln laut und melodisch von erhöhten Stellen. Dort kann man sie gut sehen und hören (➜ S. 30).

In dieser Zeit bauen sie auch ihre Nester. Manchmal sogar ganz in unserer Nähe im Balkonblumenkasten, auf einem Balken vom Carport oder im Efeu an der Hauswand.

Da muss man genau hinschauen, um das Amselnest im Efeu zu entdecken!

Zur Brutzeit verteilen sich Amseln überall dort, wo es Hecken, Gebüsche oder Nischen zum Brüten gibt (➔ S. 24 und 37).

Im Frühsommer kommen Amseln in die Gärten und ziehen Würmer aus der feuchten Erde. Wenn dann im Spätsommer die Beeren reifen, findet man die meisten Amseln in Beerensträuchern oder in Obstbäumen beim Früchtenaschen (➔ S. 42).

Auch in Gebieten mit Obstbäumen oder auf Weinanbauflächen finden sie sich ein, wenn es dort reichlich Früchte gibt.

Singwarte
Zum Singen suchen sich Amseln erhöhte Stellen, damit sie wirklich gut und weit gehört werden können.
Solche erhöhten Stellen nennt man Singwarte.

In der Stadt suchen sich Amseln oft Antennen als Singwarte.

Mit wem sind Amseln verwandt?

Dieses Bild zeigt dir die typischen Merkmale einer Amsel. Achte auf das Gefieder, die hohen Beine, den gelben Lidring und den gelborangen Schnabel. Wenn du dir diese Merkmale gut einprägst, kannst du Amseln überall leicht erkennen.

Typisch Amsel

Hat man einmal eine Amsel gesehen und kennengelernt, erkennt man sie leicht wieder: Ihr Schnabel ist meistens gelborange und deshalb deutlich sichtbar. Das Gefieder ist meistens schwarzbraun. Um die großen dunklen Augen haben Amseln einen gelben Ring, das ist der Lidring.

Wie alle ihre Drosselverwandten stehen Amseln auf hohen Beinen.

Auch Größe und Form der Amsel sind typisch für drosselartige Vögel.

Amseln und ihre zahlreiche Drossel-Verwandtschaft

Die Drosseln, zu der die Amsel zählt, sind weit verbreitet und leben in Wäldern, Siedlungen und sogar hoch droben in den Bergen. Drosseln sind mittelgroße Singvögel. Ihre Gesänge sind sehr melodiös und abwechslungsreich.
Man erkennt Drosseln neben ihrer Körpergröße am langen, schlanken Schnabel, an den kräftigen Füßen und am langen Schwanz.
Drosseln fliegen mit kräftigem Flügelschlag in gerader Linie und mit schnellem Tempo. Aber sie halten sich auch gerne und oft am Boden auf und bewegen sich dort auf zwei Beinen hüpfend fort. Drosseln fressen gerne Kleintiere wie Würmer und Käfer sowie Früchte und Beeren.
Zur unmittelbaren Verwandtschaft der Amsel zählen mindestens 65 verschiedene Arten aus der Gattung der Drosseln. Auch die Nachtigall gehört zu den Drosseln.
Einige Arten, die man auch bei uns regelmäßig beobachten kann, stellen wir dir auf den folgenden Seiten vor.

Wer ist Turdus merula?
Jedes Tier und jede Pflanze trägt einen wissenschaftlichen Doppelnamen, damit man genau weiß, um welche Pflanze oder welches Tier es sich handelt.
Der erste Name bezeichnet die Gattung, zu der eng verwandte Arten gezählt werden. Der zweite Name bezeich net die einzelne Art. Bei der Amsel steht Turdus (= Drossel) für die Gattung, merula (= Amsel) für die Art. Im Vogelbestimmungsbuch kannst du diese wissenschaftlichen Namen finden!

Singdrossel

Misteldrossel

Singdrossel

Singdrosseln sind schlanker und kleiner als Amseln und haben eine mit schwarzen Tupfen gesprenkelte Brust. Sie leben in Wäldern und Grünanlagen und singen laut von hohen Baumspitzen. Ihre zweisilbigen Gesangsmotive wiederholen sie häufig dreimal hintereinander, das klingt dann wie „Kuh-Dieb, Kuh-Dieb, Kuh-Dieb".

Misteldrossel

In großen Wäldern ist die Misteldrossel zu Hause. Sie ist ebenfalls gesprenkelt, aber deutlich größer und kräftiger als eine Amsel. Wie der Name andeutet, verbreiten Misteldrosseln die grüne Mistel-Pflanze, die auf Bäumen wächst. Misteldrosseln fressen die weißen Beeren und säen mit ihrem Kot die Samen auf den Ästen aus.

Mistel-Pflanze im Baum

Wacholderdrossel

Einen grauen Kopf und rotbraunen Rücken hat die amselgroße Wacholderdrossel. Meistens brüten mehrere Paare kolonieartig in hohen Bäumen in Parks oder in Alleen.

Beeren frisst sie besonders gern, aber auch andere Früchte und Insekten. Oft kann man mehrere Wacholderdrosseln nebeneinander auf Wiesen oder Sportplätzen Nahrung suchen sehen.

Mit lautem „tschak-tschak“ fliegen sie bei Störungen davon.

Rotdrossel

Rotdrosseln brüten in Skandinavien. In kalten Wintern mischen sie sich als Gast aus dem hohen Norden unter Schwärme anderer Drosselarten.

Rotdrosseln erkennt man im Flug an der roten Flügelunterseite. Sie sind etwas kleiner als Amseln.

Wacholderdrossel

Rotdrossel

Amselmaße

Erwachsene Amseln sind mit 25 Zentimetern vom Schnabel bis zur Schwanzspitze etwas länger als diese Buchseite. Ihre Flügelspannweite ist etwas länger als ein Schülerlineal (34-38 Zentimeter). Sie wiegen durchschnittlich 80 bis 90 Gramm, also etwa so viel wie eine Tomate.

Vögel im Größenvergleich

Um die Größe von Vögeln leicht beschreiben zu können, vergleicht man sie gern mit dem Spatz (anderer Name auch: Haussperling) oder mit der Amsel oder mit der Rabenkrähe.
Mithilfe dieser Größeneinteilung lassen sich viele Vogelarten einfach einordnen und jeder hat sofort eine Vorstellung davon, welche Größe gemeint ist.
So sind zum Beispiel Zaunkönig und Blaumeise deutlich kleiner als ein Spatz, eine Kohlmeise ist etwa gleich groß.
Singdrossel, Wacholderdrossel und Wasseramsel haben mehr oder weniger die Größe einer Amsel.
Elster und Eichelhäher haben etwa Rabenkrähen-Größe, der Mäusebussard ist noch deutlich größer.

Spatz

Amsel

Rabenkrähe

NBB *Wissen*

Schwarze Federn – und dennoch ganz anders

Ein völlig schwarzes Federkleid haben nur wenige Vögel.
Das Gefieder von Amseln ist je nach Alter und Geschlecht braun bis schwarz.

An Seen und Flüssen lebt das schwarze Blässhuhn. Aber man sieht ihm gleich an, dass es ein Wasservogel und kein Singvogel ist.

Die pfeilschnell fliegenden Mauersegler sind auch schwarz, aber viel kleiner und schlanker als Amseln.

In Wäldern lebt der Schwarzspecht. Er ist krähengroß, schwarz, trägt eine rote Kopfkappe und hat einen kräftigen Meißelschnabel.

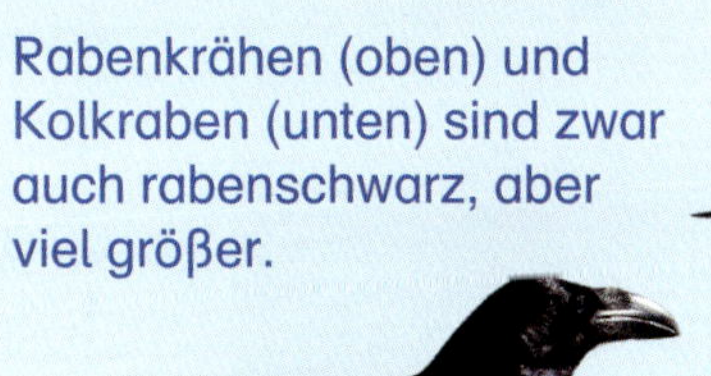

Rabenkrähen (oben) und Kolkraben (unten) sind zwar auch rabenschwarz, aber viel größer.

Am ehesten könnte man Amseln mit der Ringamsel verwechseln. Die hat auch ein schwarzes Gefieder, allerdings mit einem breiten, weißen Brustring, und lebt im Hochgebirge.

Die ebenfalls schwarzbraune Wasseramsel lebt an schnell fließenden Bächen. Aber nur der Amsel-Ähnlichkeit verdankt sie ihren Artnamen. Amseln und Wasseramseln sind nicht eng miteinander verwandt.

Amselweibchen

Amselmännchen

Federdetail: Brustgefieder eines Amselweibchens

Amseljungvogel

Schau genau hin! Welche Färbungen kannst du bei Amseln in deiner Umgebung beobachten?

Nicht alle Amseln sind schwarz

Wenn du Amseln genau betrachtest, siehst du, dass nicht alle gleich gefärbt sind. Am einfachsten ist es bei den erwachsenen Männchen: Die sind tiefschwarz, haben einen gelben oder gelborangen Schnabel und einen ebenso gefärbten Augenring. Ausgewachsene Weibchen sind nicht schwarz wie die Männchen, sondern braunschwarz. Jungvögel sind ebenfalls braunschwarz, aber die Färbung wirkt ungleichmäßig und verwaschen. Erst nachdem sie das Jugendgefieder abgelegt haben, sind sie wie ihre Eltern gefärbt.

Weiße Amseln

Gelegentlich trifft man sogar auf Amseln mit weißen Federn. Mal ist nur eine Feder schneeweiß, manchmal eine ganze Körperpartie. In sehr seltenen Fällen ist der ganze Vogel weiß.
Das sind alles Varianten von Weißfärbung. Richtige Weißlinge mit völlig weißem Gefieder und roten Augen sind selten. In der freien Natur fallen Weißlinge extrem auf und haben deshalb schlechte Überlebenschancen: Greifvögel, Marder und andere Beutegreifer können sie dort ziemlich leicht erkennen und erwischen.

In Gärten und Parkanlagen überleben solche Vögel dagegen lange, wenn sie dort ausreichend Deckung und Futter finden.

Die weißen Federn erkennst du deutlich – da fehlt der schwarze Farbstoff.

Albino
Wenn dem Vogel wichtige Farbstoffe fehlen, ist sein Gefieder mehr oder weniger rein weiß, Schnabel und Füße sind rosa, die Augen sind rot. Solche Vögel können nicht gut sehen, das verschlechtert ihre Überlebenschancen. Wenn bei Vögeln nur einzelne Partien weiß gefärbt sind, fehlt ebenfalls der schwarze Farbstoff. Ursachen sind vererbte Farbstörungen, Mangelernährung oder – bei einzelnen Federn – Verletzungen.

Wo Amseln leben

Gibt es Amseln auch außerhalb Europas und Asiens?
Ja, auch in Australien und Neuseeland gibt es unsere Amsel. Sie wurde von Siedlern dort hingebracht und ausgesetzt.
Tier- oder Pflanzenarten in anderen Teilen der Welt einzuführen, wo sie eigentlich nicht vorkommen, ist in der Regel gar nicht gut. Denn eingeführte Arten bedrohen oft die einheimischen und richten manchmal viel Schaden an. Neben der Zerstörung von Lebensraum sind eingeführte Arten die größte Bedrohung für viele seltene Tiere und Pflanzen.

Amseln sind weitverbreitet

Amseln bewohnen weite Teile Europas und Asiens. Im Norden kommen sie in England, Irland, Island und Skandinavien vor, im Süden bis an den Nordrand der Sahara in Afrika.

Zwischen dem atlantischen Ozean im Westen und Zentralchina im Osten bewohnen sie viele Länder – teilweise sehen sie dort etwas anders aus als bei uns.
In Gebirgen brüten Amseln bis in 2 000 m Höhe.

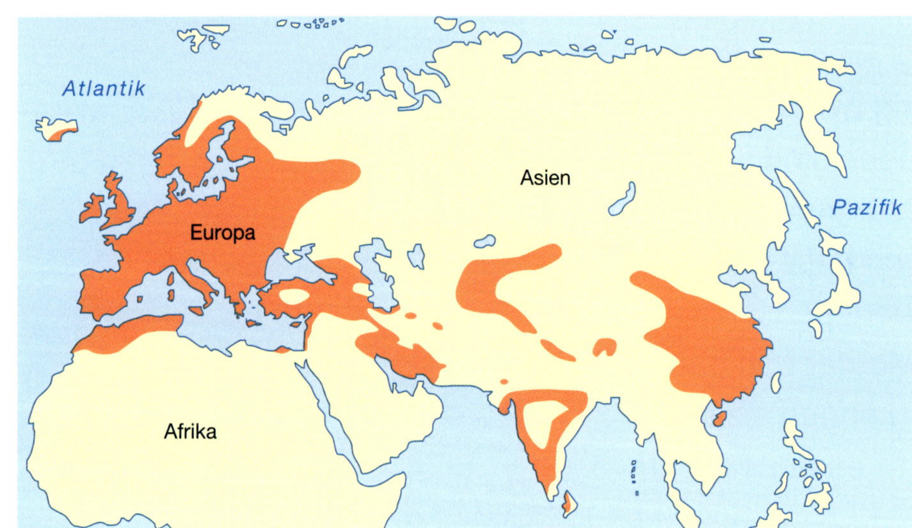

Ursprüngliches Verbreitungsgebiet der Amsel.

Wie viele Amseln gibt es?

Da man nicht einfach alle Amseln zählen kann, ist es sehr schwierig, ihre Zahl genau zu benennen. Forscher schätzen aber, dass in Europa etwa 40 bis 82 Millionen Brutpaare leben – in Deutschland davon 8 bis 16 Millionen.

Damit kommt auf jeden zweiten bis dritten Einwohner Deutschlands eine Amsel – zähl mal in deiner Familie durch, wie viele Amseln auf euch entfallen!

Die Zahl der Amseln in einem bestimmten Gebiet nennt man Bestand oder Siedlungsdichte.

Die Amselbestände sind durchweg stabil. Die höchsten Bestände erreicht die Amsel in unseren Siedlungen, in ihrer ursprünglichen Heimat im Wald sind die Bestände geringer.

Mitmachen beim Vogelzählen!
Bei den Aktionen „Stunde der Gartenvögel“ und „Stunde der Wintervögel“ kann jeder mitmachen, der gerne Vögel beobachtet. Auf der Seite 63 findest du Hinweise zum Mitmachen.

Wie alt werden Amseln?
Normalerweise leben Amseln nur drei oder vier Jahre. Es gibt aber immer wieder beringte Amseln, die nachgewiesen über 15 Jahre alt wurden. Eine der ältesten Amseln soll sogar 21 Jahre und einen Monat erreicht haben!

Für den Vogel fühlt sich der Ring an wie für den Menschen die Armbanduhr.

Amseln leben auch in der Nähe der Menschen: in Gärten …

… oder im Stadtpark.

Wo Amseln sich wohlfühlen

Amseln leben gerne im Wald. Das ist der Lebensraum, in dem sie ursprünglich zu Hause waren. Dichte, unterholzreiche und feuchte Laubwälder mit Lichtungen sowie Waldränder – gesäumt mit Gebüsch – sind ihr bevorzugter Lebensraum. Auch draußen in der Feldflur und im Schilf sind Amseln zu Hause. Amseln wohnen aber auch gerne bei uns – und sofern es Sträucher und Bäume gibt, fühlen sie sich in Dörfern und Städten sehr wohl.

Vom Waldbewohner zum Gartenvogel

Wollte man früher eine Amsel sehen, musste man in den Wald gehen. Denn ursprünglich waren sie nur dort zu Hause. Ab 1820 begannen Amseln auch außerhalb der Wälder zu siedeln – zunächst in Obstbaumgebieten. Und dann kamen sie auch in die Städte mit ihren Gärten und Parkanlagen. Von den Stadtzentren aus ging es in die Vorstädte und Dörfer. Dieser Trend der Verstädterung ging weiter und heute sind Amseln in Dörfern und Städten mit die häufigsten und bekanntesten Gartenvögel.

Hier siehst du ganz typische Amsellebensräume:

Im Mischwald finden Amseln reichlich Deckung, Nistplätze und Nahrung.

Auch auf Obstbaumflächen …

… und in der Stadt fühlen Amseln sich sehr wohl.

Verstädterung von Tieren
Städte erscheinen auf den ersten Blick lebensfeindlich für Tiere. Vielen Wildtieren bieten sie jedoch einige Vorteile: Nahrung in Komposthaufen und Mülltonnen, Verstecke und Nistplätze in Vorgärten und Parks. Außerdem ist es in Städten wärmer als im Umland und meistens wird hier nicht gejagt. Deshalb wagen viele Tierarten, die neben uns Menschen leben können, den Sprung in die Stadt, so z. B. Fuchs, Elster, Rabenkrähe, Hausrotschwanz – oder eben die Amsel.

Tiere in der Stadt?

Einen Garten ohne Amseln kann man sich kaum mehr vorstellen. Damit ist die Amsel ein typisches Beispiel, wie sich manche Arten gut an andere, neue, ungewohnte oder vom Menschen gestaltete Lebensbedingungen anpassen. Tiere, die das können, nennt man Kulturfolger.

Fuchs

Füchse leben üblicherweise in Wald und Feld. Aber in Siedlungen gibt es oft Superangebote an Futter und guten Lebensraum in Hausgärten, Parks und Schrebergärten. Trotz Straßenverkehr, Abgasen und Gestank fühlen „Stadtfüchse“ sich dort wohl.

Elster

Elstern sind eigentlich in den Hecken der Feldflur zu Hause. Da die Felder jedoch immer größer und Hecken immer seltener werden, zieht es sie vermehrt in Dörfer und Städte. Dort finden sie ein optimales Angebot: gemähte Rasenflächen zur Nahrungssuche und hohe Bäume in den Vorgärten zum Brüten.

Rabenkrähe

Rabenkrähen sind ursprünglich Feldvögel. In Städten finden sie in Mülltonnen, Komposthaufen oder Mülldeponien ein Riesenangebot an Nahrung. In Parks können sie brüten und auf Alleebäumen zu Hunderten übernachten.

Hausrotschwanz

Der Hausrotschwanz ist ein typischer Felsbrüter. Aber Häuserschluchten mit Mauernischen und angrenzenden Gärten gefallen ihm als Ersatzlebensraum ebenso gut.

Aber: Bei Weitem nicht alle Vogelarten schaffen diese Anpassung. Nur wenige können – wie Amseln – einfach ihre Koffer packen und in den Stadtpark oder unseren Vorgarten umziehen.
Viele bedrohte Vogelarten sind Lebensraum-Spezialisten. Sie benötigen ganz bestimmte Lebensräume.
Aus diesem Grund müssen wir für Spezialisten wie Kiebitz, Kranich oder Blaukehlchen ausreichend große und viele Naturschutzgebiete bereithalten.

Blaukehlchen im Schilf

Kiebitz auf einer Sumpfwiese

Kranichpaar am Rand eines Bruchwalds

Als Nistplatz hat sich diese Amsel den Platz zwischen Balken und Dach ausgesucht.

Im dichten Efeu ist das Amselnest nicht leicht zu finden.

Ganz unbesorgt hat hier ein Amselpaar sein Nest auf einem Holzstapel gebaut.

Bäume und Sträucher kann man so schneiden, dass aus einem Ast mehrere Zweige abgehen. In diesen Nistquirlen können Amseln und andere Freibrüter ihre Nestnäpfe bauen.

Ideales Brutrevier für Amseln

Vögel brüten auf ganz unterschiedliche Weisen: Buntspechte hämmern sich Höhlen in Baumstämme, Kohlmeisen oder Stare brüten in verlassenen Spechthöhlen. Kiebitze und Regenpfeifer legen ihre Eier auf den Boden.
Die Amsel baut napfförmige Nester in Bäumen und Büschen.

Hast du ein scharfes Auge und schon Amseln in den Bildern entdeckt?

Naturnahe Rasenflächen und Wiesen bieten Amseln Gelegenheit, Regenwürmer zu erbeuten. Vor allem aber Beeren tragende Sträucher sind ergiebige Nahrungsquellen, an denen die Vögel Energie tanken können.

Zufütterung benötigen Amseln nicht, wenn sie im Garten genügend Beeren, Regenwürmer und Fallobst finden können. Bleibt unter Sträuchern Laub liegen, rascheln dort den ganzen Winter über nahrungssuchende Amseln!

Bitte: Grundsätzlich in Gärten und Grünanlagen keine Giftstoffe verwenden! Unerwünschte Kräuter hält man mit Hacke, Unkrautfolie usw. klein. In naturnahen Gärten werden die „natürlichen Feinde“ von Pflanzenschädlingen gefördert: z. B. Kohlmeisen, Marienkäfer und Igel. So erübrigt sich meist der Gifteinsatz.

Vielleicht ist das der Lieblingsplatz der Amsel: eine Ligusterhecke voller Beeren. Wenn du ganz genau hinschaust, erkennst du die Krallen der Amsel.

Garten – tierfreundlich!
Zwar gibt es für den Einsatz im Garten spezielle Gifte, die unerwünschte Insekten, Blattpflanzen, Pilze oder Schnecken abtöten. Werden junge Amseln jedoch mit vergifteten Blattläusen oder Raupen gefüttert, können sie wegen des vielen Gifts in ihrer Nahrung sterben.

Eine Gefahr für viele bei uns heimische Pflanzen- und Tierarten sind auch die modernen Stein- und Schotter-Gärten. Sie sind zwar auf den ersten Blick ordentlich und pflegeleicht, stellen aber für viele Lebewesen eine lebensfeindliche Wüste dar.

Amsels Lebensraum

Amselspuren im Schnee

Kleintiere im Laub sind Leckerbissen für Amseln.

Wie Amseln sich fortpflanzen und aufwachsen

Revier
Für den Nestbau und die Aufzucht der Jungen beansprucht ein Vogelpaar ein bestimmtes Gebiet, in dem es nisten und Nahrung für die Jungen finden kann. Dieses Gebiet nennt man Territorium oder Revier. Ein Revier garantiert seinem Besitzer einen bestimmten Abschnitt eines Lebensraums. Reviere werden mit Gesang oder auffälligen Bewegungen (Singflüge) abgegrenzt. Üblicherweise besetzen Männchen ein Revier. Wenn einem Weibchen das Männchen und sein Revier gefallen, werden die beiden ein Paar und brüten.

Bevor Amseln Eltern werden

Amseln können schon im ersten Lebensjahr selbst Eltern werden. Sie verpaaren sich immer nur für eine Brutzeit mit einem Partner. Zwar sind Amseln ihren Brutorten sehr treu, aber es muss nicht zwingend derselbe Partner wie im Vorjahr sein, mit dem sie ein Nest bauen.

Bei Amselpaaren sind die Aufgaben klar verteilt. Die Männchen gründen das Revier, oft schon im Herbst oder Winter. Von März bis Mai wird gebalzt und ein Weibchen angelockt.

Sind sich Männchen und Weibchen einig, dass sie zusammen brüten wollen, wählt das Weibchen einen passenden Neststandort und beginnt zu bauen. Das Weibchen baut das Nest alleine, das Männchen bewacht derweilen das Revier.

Das Amselmännchen bewacht das Revier.

Das „Krokus-Massaker"

Manchmal verwüsten Amseln im Frühjahr bevorzugt Krokusbeete, indem sie Blüten ausreißen und zerrupfen.

Das liegt an den Revierkämpfen und an der Schnabelfarbe der Männchen. Überwiegend sind gelbe Krokusse betroffen, die ähnlich wie die Schnäbel der Männchen gefärbt sind. In ihnen sehen manche Männchen einen Konkurrenten und „massakrieren" dann die gelben Krokusblüten. Das lässt sich nur beobachten, wenn die Amselbalz mit der Krokusblüte zeitlich zusammentrifft.

Aggression bei Tieren
Aggression im Tierreich hat viele Gesichter und Gründe. Sie kommt vor bei Beutegreifern wie Greifvögeln, die Tiere zum Fressen schlagen.

Aggression erkennen wir bei Kämpfen um begrenzte Nahrungsquellen oder Reviere sowie beim Streit um das Weibchen in der Balzzeit. Aggression muss nicht immer blutig sein, denn selbst für starke Tiere bedeutet ein Kampf immer das Risiko, sich zu verletzen oder geschwächt zu werden. Viele Tierarten haben deshalb bestimmte Verhaltensweisen und Körpersignale entwickelt, die es erlauben, sich zu messen und abzuschätzen, bevor man aufeinander losgeht. Die kapitalen Rothirsche zum Beispiel imponieren zunächst durch lautes Röhren und imponierendes Umherlaufen. Nur selten gibt es handfeste Rivalenkämpfe.

Wenn Vögel balzen
Vogelmännchen balzen, um sich ein Brutrevier zu sichern und um ein Weibchen als Partnerin anzulocken. Um aufzufallen, zeigen sie ihr attraktives Gefieder, schlagen mit den Flügeln, suchen Singwarten, auf denen sie sich präsentieren können und singen lauthals. Andere Männchen werden im eigenen Revier nicht geduldet, da kann es zu heftigen Streitereien kommen.

Ein Gartenzaun aus Tönen

Amseln gelten – wie andere Singvögel – als Frühlingsboten. Wenn sie in der Frühe zu singen anfangen, beginnt der Frühling und die Tage werden wieder länger!
Wie alle Drosseln, sind Amseln Gesangskünstler, die laut und weithin hörbar singen. Mit ihrem Gesang grenzen die Männchen ihre Reviere gegeneinander ab. Sie ziehen quasi einen Gesangs-Gartenzaun, um ihren Rivalen zu zeigen, wie weit ihr Revier reicht. Außerdem versuchen die Männchen mit ihrem Gesang, ein Weibchen anzulocken.

Aus diesen Gründen singen Amseln wie alle anderen Singvögel auch vor allem im Frühjahr zur Fortpflanzungszeit am intensivsten. Das ist zwischen März und Juni. Schon lange bevor morgens die Sonne aufgeht, sitzen sie bereits auf Dachgiebeln, Antennen oder Baumspitzen und singen mit weit geöffnetem Schnabel. Das vielstimmige Konzert ist wunderschön anzuhören. Und auch abends singen Amseln, bis die Nacht hereinbricht.

Amsel-
revier

Wer Amseln belauschen möchte, muss sich Zeit nehmen, ganz leise sein und früh aufstehen oder lange aufbleiben. Denn in der Morgen- und Abenddämmerung singen Amseln am schönsten, lautesten und intensivsten – besonders in den Frühlingsmonaten März bis Juni. Dann sitzen die Männchen auf ihren Singwarten und lassen ihren melodiösen Gesang hören. Immer wieder singen sie eine Strophe, halten dann inne und lauschen dem Singen anderer Männchen in der Umgebung, um dann wieder mit einer eigenen Strophe anzuschließen.

Rivalenkämpfe

Mit dem Gesangswettstreit allein ist es nicht getan. Amseln tragen richtige Revierkämpfe aus, bei denen es beim Abstecken der Gebietsgrenzen zwischen den Männchen zu Rempeleien kommt. Sind die Reviergrenzen noch nicht geklärt, stolzieren die Männchen imponierend umher oder fliegen kurze Attacken, um den Nachbarn aus dem eigenen Revier zu vertreiben. Manchmal kommen sie angeschossen, um den Gegner vom Giebel oder aus dem Blumenbeet in die Flucht zu schlagen.

Aufgeregte Amseln setzen sich dann mit hohen Beinen und hoch gerecktem, „gestelztem“ Schwanz auf Äste, um Eindruck zu machen.

Wenn im März die Reviergrenzen noch abgesteckt werden müssen, gibt es manchmal auffällige Flatterflüge, bei denen zwei Männchen flügelschlagend aneinander hochgehen und dabei auch Schnabel, Füße und Krallen einsetzen.

Liegt die Grenze zufällig im Rasen vor dem Fenster oder mitten auf der Straße, kann man solche Auseinandersetzungen besonders gut beobachten.

Um alle spannenden Abschnitte eines handfesten Revierstreits mitzubekommen, muss man geduldig und ausdauernd beobachten.

Meistens versuchen die Kontrahenten zunächst mit Imponiergehabe, ihr Gegenüber zu beeindrucken: indem sie sich groß machen, mit Flügelschlagen und mit Schwanzstelzen.

Von Singwarten oder erhöhten Punkten wird lautstark gesungen und gerufen.

Manchmal arten die Streitereien in regelrechte Rempeleien mit spektakulären Luftkämpfen aus. Hier rangeln zwei flatternde Männchen auf der Straße.
Aber keine Sorge: Meistens enden diese Auseinandersetzungen glimpflich!

Amselnester liegen selten höher als die Augenhöhe eines Erwachsenen, also ca. 2 Meter über dem Boden.
Die Nester haben eine feste Unterlage, sind von oben geschützt und etwas im Halbdunkel.
Solche Voraussetzungen bieten immergrüne Büsche, Kletterpflanzen an der Hauswand, Dachbalken, Fensterläden, Schuppen, Blumenkästen oder sogar Leuchtreklamen.
Amselnester sind im Durchmesser 8 bis 10 Zentimeter und 5 bis 7,5 Zentimeter tief.

Für die Kinder einen Nestnapf

Amseln zählen zu den Freibrütern. Das heißt, sie brüten nicht in Baumhöhlen oder Nistkästen, sondern bauen für ihre Brut ein freistehendes Nest. Nistkästen helfen ihnen nicht.
In einer Astgabel oder im dichten Gezweig platzieren sie ihren Nestnapf, der etwa die Größe einer Müslischale hat. Gelegentlich nutzen sie auch Nischen unterm Dach, im dichten Efeu oder auf einem Holzstapel.
In den Nestnapf müssen die Eier und später die herangewachsenen Jungvögel hineinpassen (➔ S. 39).

Singvogelnester sind wahre Kunstwerke. Als Baumaterial verwenden Amseln für die Nestgrundlage zunächst dünne Grashalme, Zweige, Wurzeln und Moos. Dünne Halme und anderes feines Nistmaterial bilden die Seitenwände.
Damit der Nestnapf innen schön rund und glatt wird, verputzen Amseln das Nest innen mit feuchtem Lehm oder Schlamm. Dazu dreht sich das Weibchen im Kreis und glättet dabei die Innenwand des Nestes. Dann wird es mit feinem Pflanzenmaterial gepolstert.

Amseln suchen und sammeln alle Baumaterialien vorzugsweise am Boden. Dort kann man sie im zeitigen Frühjahr mit einem Schnabel voller Halme oder Moos hüpfen sehen. Amseln sind aber auch bekannt für unkonventionelle Nistmaterialien: Plastikfolien, Schnüre, Zellophanhüllen und anderes. Alles, was geeignet erscheint, wird mitverbaut. In Nestern wurden schon meterlange eingebaute Schnüre gefunden. Der Nestbau dauert nur etwa zwei bis fünf Tage. Bei kaltem Wetter unterbrechen die Vögel den Nestbau und setzen ihn bei besserem Wetter fort. Übrigens werden die meisten Amselnester nur für eine Brut benutzt. Für weitere Bruten wird dann ein neues Nest gebaut.

Amseln transportieren das Nestmaterial in großen Portionen im Schnabel herbei.

Nestbaumaterial: links trockene Grashalme und rechts Moos

Amselnest mit Schnur

Amsel-Eier haben eine spitzovale Form. Mit etwa 3 Zentimeter Länge, 2 Zentimeter Breite und 7 Gramm Gewicht sind sie relativ klein und leicht. Im Vergleich zu einem Blaumeisen-Ei oder einem anderen Singvogel-Ei ist es riesig. Eine interessante Rechnung: Rechnet man das Gewicht der 15 in einer Brutzeit gelegten Eier zusammen, wiegen sie mehr als der Körper des Amselweibchens!

Bereit fürs Eierlegen

Sobald das Nest fertig gebaut ist, beginnen die Vögel mit der Eiablage. Jeden Tag reift im Bauch des Amselweibchens ein neues Ei, das befruchtet werden muss und dann aus der Po-Öffnung in die Nestmulde gelegt wird.
Pro Brut legen die Weibchen vier bis fünf Eier. Jeden Tag eines – meistens am frühen Morgen.
Bei günstigen Wetterverhältnissen können Amseln in einem Jahr zweimal, manchmal sogar dreimal brüten. Ein Weibchen legt also in der Brutperiode zwischen März und Juni gut 10 bis 15 Eier.

Kein Ei gleicht dem anderen

Jede Vogelart legt andere Eier. Sie unterscheiden sich in Größe, Form und Farbe. Amsel-Eier haben eine wunderschöne glänzend grüne Grundfarbe und darauf unterschiedliche rote, rotbraune und braune Flecken. Amsel-Eier sind so groß wie eine Walnuss und so leicht wie ein Apfelschnitz. Wie Hühner-Eier enthalten sie gelben Dotter und Eiweiß.

Ei von Haushuhn Amsel Blaumeise

Brüten ist Geduldsache

Wenn alle Eier gelegt sind, beginnt das Amselweibchen zu brüten. Etwa 10 bis 19 Tage sitzt es auf den Eiern und wärmt sie mit ihrer Körperwärme.
Damit möglichst viel Wärme vom Weibchen auf die Eier übergeht, verlieren Vogelweibchen im Brust- und Bauchbereich Federn, sodass die warme Haut direkt auf den Eiern liegt. Diese Stelle nennt man Brutfleck.
Brüten ist Geduldsache. Tag und Nacht sitzt das Weibchen eng ins Nest gekuschelt.
Nur ab und zu verlässt es für einige Minuten das Nest, um etwas zu fressen und sich das Gefieder zu putzen. Nun verstehst du auch, warum das Nest gut geschützt liegen muss: Das Weibchen muss sich darin viele lange Tage völlig sicher und geborgen fühlen können.

Aufmerksam beobachtet die brütende Amsel die Umgebung.

Während der Bebrütung geschieht im Ei ein kleines Wunder:
Im Eigelb reift ein neues kleines Lebewesen heran. Dieser kleine Vogel ist federleicht, blind und hat noch keine Federn.
Im Eiweiß sind Nahrungsstoffe enthalten, von denen sich der kleine Vogel bis zum Schlüpfen ernährt. Gewärmt wird er von der Vogelmutter durch die Eischale hindurch.

Schmutzige Vogelnester?
Von wegen! Auch wenn Jungvögel ständig fressen und jede Menge Kot produzieren: Vogelnester sind nicht schmutzig.
Nach der Fütterung hebt das Junge den Popo hoch drückt ein Kotpaket heraus, das der Elternvogel in den Schnabel nimmt und aus dem Nest trägt. In den ersten Lebenstagen der Jungen fressen die Eltern den Kot, denn er ist wasser- und nährstoffreich. Die Kotpakete haben übrigens eine Hülle wie eine Fertigwindel, um alles zusammenzuhalten.

Schlüpfen – Jungvögel knacken Eier von innen

Wenn Vogelbabys im Ei groß genug sind, müssen sie aus der Schale heraus, die sie schützend umgibt. Diesen Geburtsvorgang nennt man bei Vögeln Schlüpfen oder Schlupf.
Schlüpfen ist anstrengend, denn der kleine Vogel muss die harte Kalkschale des Eies von innen aufknacken. Jungvögeln im Ei wächst auf dem Oberschnabel ein Höcker, mit dem sie gegen die Eischale drücken, bis sie aufplatzt. Eischalen räumen die Vogeleltern mit dem Schnabel aus dem Nest.

Übrigens können sich Jungvögel bereits von Ei zu Ei mit Piepslauten unterhalten und sich so absprechen, wann sie gemeinsam auf die Welt kommen. Aus diesem Grund schlüpfen Amseljunge innerhalb von einem oder zwei Tagen.
Federlos nackt und blind liegen sie im Nest und müssen in der ersten Lebenswoche intensiv gewärmt werden. Dazu setzt sich das Weibchen breitbäuchig auf das Nest und nimmt alle Jungen unter den Bauch – und wenn sie größer sind unter die Flügel.

Zwei Amselküken sind schon geschlüpft, eines steckt noch im Ei. Amseljunge kommen nackt und blind auf die Welt.

Jungvögel ruhen viel. Um nicht auszukühlen, sitzen sie eng zusammengekuschelt im Nest. In den ersten Tagen setzt sich das Weibchen zum Wärmen immer wieder auf die Jungen im Nest und bedeckt sie mit Körper und Flügeln.

Nach etwa einer Woche sind die Jungen schon beachtlich gewachsen und haben erste Federn. Nach Futter betteln sie mit weit aufgerissenem Schnabel und einem gelbroten Schlund.

Wenige Tage, bevor sie das erste Mal ausfliegen (ungefähr 12 Tage nach dem Schlüpfen), sind die Jungen fast so groß und schwer wie ihre Eltern. Und sie haben immer noch einen heftigen Appetit!

Nesthocker und Nestflüchter
Nach dem Schlüpfen verhalten sich Vogeljunge unterschiedlich. Bei Singvögeln wie Amsel, Kohlmeise oder Rotkehlchen bleiben die Nestlinge viele Tage im Nest, bis sie schützende Federn haben und groß genug sind. Das sind die Nesthocker. Nestflüchter dagegen sind gleich nach dem Schlüpfen in der Lage, das Nest für immer zu verlassen. Zu ihnen zählen beispielsweise Enten, Gänse und Hühner.

Kinder mit Riesenappetit

Jungvögel im Nest wollen nur zwei Dinge: fressen und wachsen. Etwa 12 bis 19 Tage sitzen junge Amseln zwischen Schlupf und Ausfliegen im Nest.
In dieser Zeit werden sie von beiden Eltern mit Futter versorgt – und das ist ganz schön stressig. Die Eltern müssen ständig passendes Futter herbeischaffen: Insekten, Larven, Würmer und manchmal auch Obst wie Kirschen. Anfangs können die Kleinen nur Miniportionen schlucken. Später sperren sie ihren Schnabel weit auf und nehmen auch gerne große Portionen an.

Bis zu mehrere hundert Mal am Tag fliegen Vogeleltern zum Nest und stopfen die hungrigen Schnäbel. Dieser enorme Arbeitsaufwand ist nötig, denn in den knapp drei Wochen als Nestlinge müssen die Jungen etwa so groß und schwer werden wie ihre Eltern. Dafür sind ganz schön viele Mahlzeiten nötig!

Das Amselmännchen füttert ein etwa drei Wochen altes Junges. Es ist schwer zu erkennen, was es heute gibt – wahrscheinlich die Leibspeise: Regenwurm.

Start ins Leben

Wenige Tage vor dem Ausfliegen sind Jungamseln flugfähig. Ohne vorher zu üben, können sie fliegen, wenn sie das Nest verlassen.
Wenn Singvögel ausfliegen, verlassen sie ihr Nest für immer. Sie kehren nicht mehr zum Übernachten dorthin zurück.
Frisch ausgeflogene Jungamseln wirken oft etwas hilflos. Noch mit Flaumfedern am Kopf und lauten Bettelrufen sitzen sie am Boden. Aber auch nach dem Ausfliegen kümmern sich beide Eltern noch viele Tage um die Jungen, bis sie völlig selbstständig sind.

Ihr lautes Bettelgeschrei dient dem Kontakt mit den Eltern. Wo ein Junges bettelt, fliegen sie hin, um es zu füttern.
Bald sind die Jungen so gewandt und erfahren, dass sie sich selbst versorgen können. Dann trennt sich die Familie.

Eine Jungamsel mit „Punk-Federn“ am Kopf

Hilflose Jungvögel?
Wenn im Mai die Jungvögel ausfliegen, melden sich viele Menschen bei Tierpflegestationen und Naturschutzverbänden, weil sie vermeintlich hilfsbedürftige Vögel gefunden haben. Meistens sind diese Vögel aber gar nicht hilflos, sondern unter optimaler Betreuung ihrer Eltern.
Aufgefundene Jungvögel sollte man ins schützende Gebüsch setzen und einige Zeit warten, bis sich die Eltern zeigen. Erst wenn der Jungvogel stundenlang nicht versorgt wird, kann er als hilflos gelten und braucht Unterstützung.

Was Amseln gerne fressen

Beobachtungstipp: Amsels Speisekarte

Es ist erstaunlich, wie vielfältig die Nahrung der Amseln ist – und auch, wie viel sie verdrücken können. Beobachte mal die Amseln beim Fressen. Auf der Seite 65 findest du Hinweise zur Beobachtung.

Leibspeisen: Kleintiere und Beeren

Amseln sind Allesfresser. Das ganze Jahr hindurch fressen sie Kleintiere, zum Beispiel Käfer, die so groß wie Maikäfer sein können, Regenwürmer, Ameisen, Nacktschnecken und Gehäuseschnecken, Tausendfüßler, Spinnen, Insekten und deren Larven.

Und wenn es im Spätsommer und Herbst dann Beeren und fleischige Früchte gibt – Amseln naschen sie neben den Kleintieren liebend gern.

Sie wählen mit Vorliebe solche Früchte, die gut reif und süß sind. Wichtig ist außerdem, dass sie sie in Ruhe und Sicherheit in der Deckung verspeisen können.

Sehr beliebt sind Erdbeeren, Kirschen, Traubenkirschen und Johannisbeeren, aber auch die Vogelbeeren der Eberesche, Holunder, Hartriegel, Efeu, Eibe, Himbeeren, Weintrauben, Weiß- und Rotdornfrüchte, Hagebutten und das Fruchtfleisch von Äpfeln und Birnen. In Südeuropa fressen Amseln auch Oliven.

An Futterstellen nutzen Amseln angebotenes Obst, Haferflocken, feine Sämereien und Rosinen.

Kannst du alle Beeren und Tiere erkennen, die die Amsel gerne frisst? Auf der Seite 65 findest du die Lösung.

Äugende Amsel:
Was wird sie entdecken?

Erwischt:
Die Amsel mit einem Wurm.

Hüpfen, graben, scharren, Blätter fegen: So kommen Amseln ans Futter

Amseln halten sich viel am Boden auf. In waagrechter Körperhaltung laufen oder hüpfen sie beidbeinig über Rasenflächen, Gemüsebeete und durch Rosenrabatten.
Typisch für die Nahrungssuche am Boden ist das Hüpfen: Die Amsel hüpft über den Rasen, bleibt dann plötzlich wie eingefroren stehen, beobachtet ganz konzentriert die Umgebung oder hält den Kopf schief, um den Boden besser beäugen zu können.

Amseln können die Bewegungen der Würmer im Boden hören. Wagt sich ein Regenwurm zu weit aus seiner Röhre, stößt der Schnabel zielsicher zu. Erwischt die Amsel den Wurm nicht, hüpft sie einfach weiter – und das Ganze beginnt von vorn.

Mit ihrem langen Schnabel gräbt die Amsel im Boden nach fressbaren Kleintieren. Oder sie scharrt mit den Beinen im Boden. Wenn im Herbst und Winter feuchtes Laub unter den Büschen liegt, fegt sie mit schleudernden Schnabelhieben die Blätter zur Seite. Dabei beobachtet sie genau, ob es dazwischen Kleintiere hat, die sie blitzschnell wegpickt.
An Waldrändern kann man oft dieses raschelnde Blätterfegen der Amseln hören. Es kann so laut sein, dass man ein viel größeres Tier als eine Amsel als Ursache vermutet.

Früchte ernten Amseln, indem sie sie mit dem Schnabel pflücken. Im Flug können sie mit dem Schnabel auch die Früchte packen und so lange rütteln, bis sie vom Zweig abreißen. Heruntergefallene Früchte lesen sie am Boden auf.

Amseln müssen auch regelmäßig trinken. Bietet man ihnen Wasser in einer Vogelränke an, können sie dort trinken und baden.

Besonderheiten im Amselleben

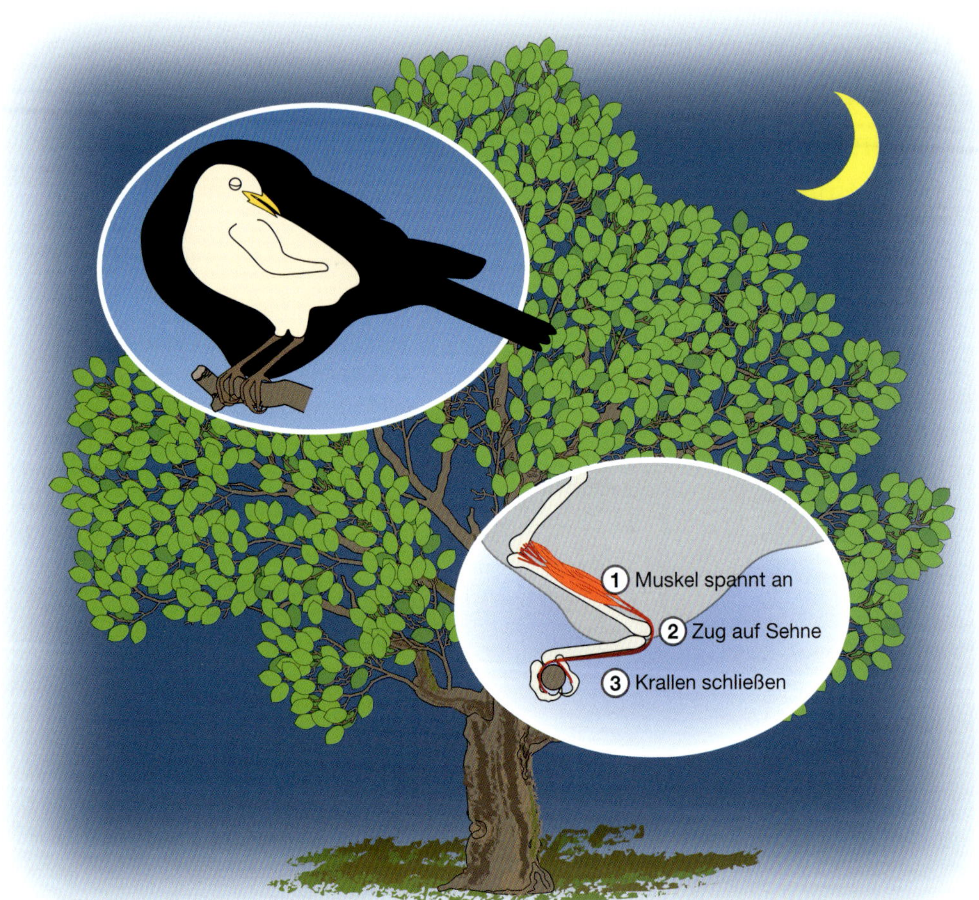

Wenn Amseln schlafen gehen

Man sieht selten, wie Singvögel schlafen. Amseln schlafen alleine oder gesellig zu mehreren in dichten Büschen und Bäumen oder auch im Schilf. Die Vögel setzen sich auf einen Ast, plustern sich auf und legen den Kopf auf die Schulter. Mit einem speziellen Mechanismus im Vogelbein sitzen sie festgekrallt auf dem Ast. Er verhindert, dass sie im Schlaf vom Ast plumpsen.

Im Winterhalbjahr versammeln sich Amseln an Massenschlafplätzen oft in großer Zahl. Diese Schlafplätze finden sich in Parkanlagen oder außerhalb von Ortschaften. An großen Schlafplätzen können sich allabendlich bis zu 2 000 Amseln treffen. Üblicherweise sind es aber meistens nur ein paar Dutzend. Schlafplätze fliegen die Vögel selten auf direktem Weg an, sondern in mehreren Etappen. Dabei rufen Amseln ihr mehrsilbiges „tix-tix-tix“.

Um in der Kälte nicht zu frieren, plustert sich diese Amsel dick auf.

In der Kälte plustern sich Vögel auf und sehen dann dicker und runder aus als sonst. Sie halten die Federn so, dass zwischen Federkleid und Körper eine Luftschicht entsteht, die zusätzlich isolierend wirkt. Das funktioniert wie eine Daunenjacke oder die Daunendecke im Bett. Auf diese Weise regulieren Amseln ihre Körperwärme im Verhältnis zur Außentemperatur (Thermoregulation). Vögel haben übrigens eine Körpertemperatur von zirka 39 °C – das wäre bei uns Menschen hohes Fieber.

Vogelstimmen kennenlernen
Für viele Menschen ist es im Frühling sehr schwierig, aus dem Vogelkonzert aus vielen Kehlen die Vogelstimmen einzelner Arten herauszuhören. Nicht immer ist es so einfach wie beim Kuckuck und Zilpzalp, die ihren Namen rufen. Man muss die Vogelstimme kennen, zuhören und immer wieder üben. Hilfreich sind CDs und Apps mit Vogelgesängen sowie Vogelexkursionen, bei denen man Vögel gezeigt bekommt. Schau mal unter www.NABU.de/termine nach, wo die nächste Exkursion in deiner Nähe stattfindet.

Gesänge und andere Töne

Amseln haben einen weithin hörbaren Reviergesang. Er klingt sehr melodisch und umfasst eine große Vielfalt an Strophen. Diese Gesänge sind ganz verschieden – je nach Gebiet und einzelnem Vogel. Jede Amsel hat zum Beispiel ihren eigenen Strophenanfang. Amseln können Flötentöne, aber auch andere Töne nachmachen. Neben dem Gesang haben Amseln auch noch andere Lautäußerungen. Wenn wir ganz genau lauschen, können wir sie hören und verstehen, was die Amsel ihren Artgenossen sagen will.

Aufmerksam lauscht diese Amsel auf ihrem Zweig. Was das auf dem Dach singende Männchen wohl zu sagen hat?

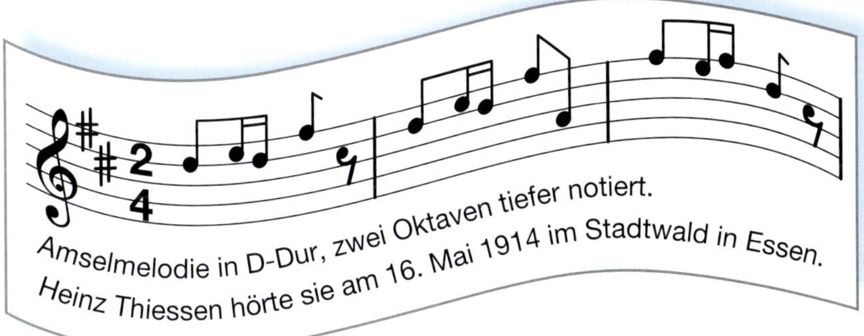

lauter Reviergesang vom Dachfirst (→ S. 9, 30, 31):
„Alle mal herhören! Hier singe ich aus voller Kehle und soweit mein Gesang reicht, reicht mein Revier. Untersteh sich einer, hier einzudringen!"

leises gezogenes „sriiieeh":
„Hier bin ich. Hörst du mich? Wo bist denn du?"

aufgeregtes lautes „tak", oft immer lauter und schneller gereiht „tak-tak-tak":
„Ich krieg jetzt gleich die Krise. Das regt mich hier gerade alles wahnsinnig auf."

warnendes wiederholtes glucksendes „djück" oder „duck":
„Achtung, Gefahr! Alle ganz vorsichtig sein!"

zeterndes hartes „dack" oder „derrigigigi duck duck":
„Alle aufpassen, jetzt schleicht schon wieder Nachbars Katze durch den Garten. Die regt mich langsam was auf!"

warnendes hohes ziehendes „sssiiieeeh":
„Achtung, aufpassen, höchste Gefahr von oben! Ich habe einen Sperber im Anflug entdeckt!"

„tix-tix-tix":
„Es ist schon spät. Kommt, wir fliegen jetzt aber schleunigst zum Schlafplatz zu den anderen."

„dschröt", „dschrit" oder „zit":
„Hallo, Mama, hallo, Papa, hier bin ich. Bringt ihr mir gleich was Leckeres zum Fressen mit?"

Singen ist „Männersache“

Sehr melodiös und etwas melancholisch ist der Gesang der Amseln. Klar und laut flötend tragen ihn nur die Männchen von erhöhten Punkten aus vor (➜ S. 9). Weibchen singen eher leise.

Singende Amsel in der Abendzeit

Die Strophen ähneln einander, bei genauem Hinhören unterscheiden sie sich jedoch. Versuche es mal und setze dich früh leise hin und höre einfach den Amseln im Garten zu. Manche Amseln imitieren in ihren Gesängen andere Vögel, Verkehrslärm oder menschliche Pfiffe.
Lange meinte man, Vogelgesang dient nur der Balz (➜ S. 30). Inzwischen weiß man, dass die Morgengesänge auch einfach Lebensfreude ausdrücken. Und der Vogel meldet sich mit seiner Stimme zurück im Chor und „sagt“ damit, dass er auch noch da ist.

Stadtamseln sind anders

Pausenlos dröhnt der Verkehr in der Stadt und in der Nacht brennen noch viele Lichter. In Gärten und an Futterstellen gibt es reichlich Nahrung. Für Amseln, die in der Stadt leben, bleibt das nicht ohne Folgen.

Forscher haben herausgefunden, dass in Städten auf engem Gebiet mehr Amseln leben können als im Wald. Und weil ständig Licht brennt, schlafen sie weniger als Waldamseln. Erstaunlicherweise aber kommen Stadtamseln mit dem stressigen Stadtleben gut zurecht und können zum Beispiel früher mit dem Brüten beginnen. Jedoch haben sie weniger Junge als Waldamseln.

Auch mit dem Stadtlärm kommen sie klar. Um im Stadtgetöse überhaupt gehört zu werden, singen sie lauter als im Wald und in einer höheren Tonlage, die man auch in der Ferne besser hören kann.

Vom Lichtmast: Amsel mit Überblick

Gut geschützt hat die Amsel das Nest hinter der Statue eingerichtet.

Bereits vier bis sechs Wochen nach dem Flüggewerden mausern junge Amseln zum ersten Mal einen Teil ihres Gefieders. Sie sehen dann nicht mehr so kindlich aus. Die Vollmauser erwachsener Amseln zieht sich über 80 bis 100 Tage, beginnt zwischen Mai und August und endet zwischen August und Oktober, also rechtzeitig vor dem kalten Winter.
In dieser Zeit findet man häufig gerade ausgegangene Mauserfedern von Amseln im Garten oder an der Vogeltränke.

Ein neues Federkleid durch Mausern

Etwa 25 000 Federn hat ein Vogel am Körper – das ist eine riesige Zahl! Federn ermöglichen Vögeln das Fliegen. Und im Winter schützen sie wirksam vor Kälte.
In der Mauser wechseln Vögel ihre Federn. Meistens werden sie über viele Wochen in einer bestimmten Reihenfolge ausgetauscht. Würden alle auf einmal ausfallen, wären die Vögel ja plötzlich nackt, ungeschützt und flugunfähig – und es wäre ihnen kalt!

Mit der Mauser kann sich auch die Färbung des Federkleids ändern, zum Beispiel vom unscheinbaren Jugendfederkleid zu dem prächtigen Federkleid der Erwachsenen.

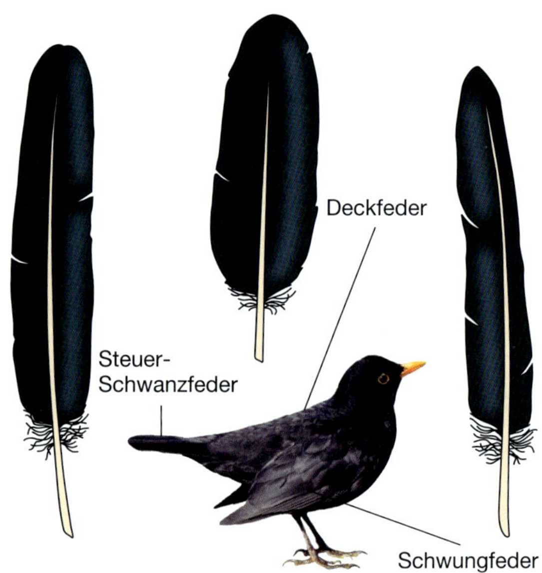

Sommerpause im August

Am Futterhaus, am Nest, an der Vogeltränke, im Beerenstrauch – das ganze Jahr hindurch sehen wir, wie Amseln aktiv sind.
Aber im August machen Amseln Sommerferien. Einige Wochen ziehen sie sich zurück. Nur ganz selten sieht oder hört man in diesen Wochen noch eine Amsel.
Was passiert in dieser Zeit?
Viele Amseln mausern jetzt. Sie wechseln ihr Federkleid und sind vorübergehend nicht optimal flugfähig. Deshalb wollen sie möglichst ungestört sein.
Zudem wird es im Hochsommer schwieriger, an Regenwürmer zu kommen. Bei Hitze verschwinden die in tiefere Erdschichten. Dann gehen Amseln zur Futtersuche an feuchte Bachufer und Waldränder.
Und in den Gärten sind Kirschen, Johannisbeeren und andere Früchte abgeerntet.
Amseln wechseln nun in Hecken und Gehölze, wo Holunder, Vogelbeeren, Vogelkirschen und andere Früchte reif werden.
Es gibt also einige gute Gründe, weshalb man im August deutlich weniger Amseln sieht. Aber keine Angst: Spätestens im September sind sie alle wieder wie gewohnt da.

Am Kopf der Amsel kannst du erkennen, wie zerrupft die Federn während der Mauser aussehen.

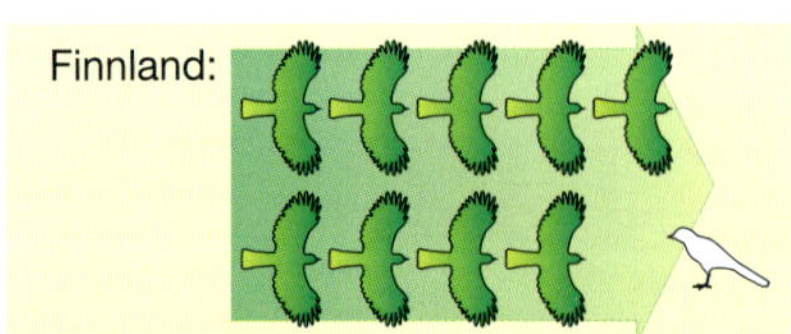

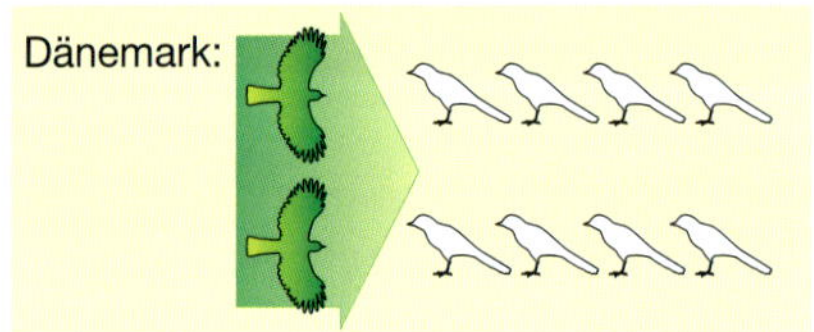

Wanderer zwischen den Welten

Vor langer Zeit waren Amseln reine Zugvögel: Um den Winter in wärmeren Regionen zu verbringen, flogen sie aus Mitteleuropa weg. Inzwischen überwintert aber ein Großteil der Amseln bei uns. Sie begeben sich nur noch teilweise auf Wanderschaft.

Amseln aus Nordeuropa und Osteuropa jedoch verlassen regelmäßig ihre Brutgebiete, weil es dort im Winter sehr sehr kalt wird. Sie sind dort noch richtige Zugvögel. Unsere Amseln in Westeuropa und Südeuropa wandern nur noch kurze Strecken.

In Finnland machen sich neun von zehn Amseln auf die Reise, aus Dänemark gerade mal zwei von zehn.

In Deutschland bleiben die meisten an Ort und Stelle. Vor allem Stadtamseln bleiben den ganzen Winter da, denn in Siedlungen ist es warm und es gibt ausreichend zu fressen. Waldamseln ziehen im Winter in die Städte oder sie fliegen weiter weg. In der Regel machen sich mehr Weibchen und Jungvögel auf die Reise. Männchen bleiben im Brutgebiet und können sich so ihr Brutrevier für das folgende Jahr sichern.

In harten Wintern flüchten Amseln auch kurzentschlossen vor Frost und Schnee. So ziehen sie aus Skandinavien im Winter gerne nach England, Irland und Belgien.
Dabei legen sie in Etappen auch größere Strecken zurück. Rekordhalter fliegen mehr als 2 000 Kilometer – das ist weiter als von Helsinki bis nach London. Die eigentlich tagaktiven Amseln ziehen im Schutz der Dunkelheit. Jede Nacht fliegen sie ungefähr 35 Kilometer, manchmal auch deutlich mehr.
Im März und Anfang April kommen wandernde Amseln zurück.

NBB *Wissen*

Wie erforscht man die Wanderwege der Vögel?
Um die Wanderwege der Vögel zu untersuchen, markieren Forscher Vögel mit leichten Aluminiumringen am Bein (➜ S. 19). Anhand aufgedruckter Nummern und Adressen kann man herausfinden, wann und wo der Vogel beringt wurde. Man muss aber sehr viele Vögel beringen, um Rückmeldungen zu bekommen. Moderner ist die Telemetrie.
Dazu bekommen Vögel einen kleinen Sender huckepack auf den Rücken geschnallt. Der sendet Signale zu einem Satelliten. Der Satellit wiederum funkt die Position des Vogels zur Erde und man weiß genau, wo sich der Vogel befindet. Das wird aber nur bei wenigen Amseln gemacht, weil es sehr teuer ist.

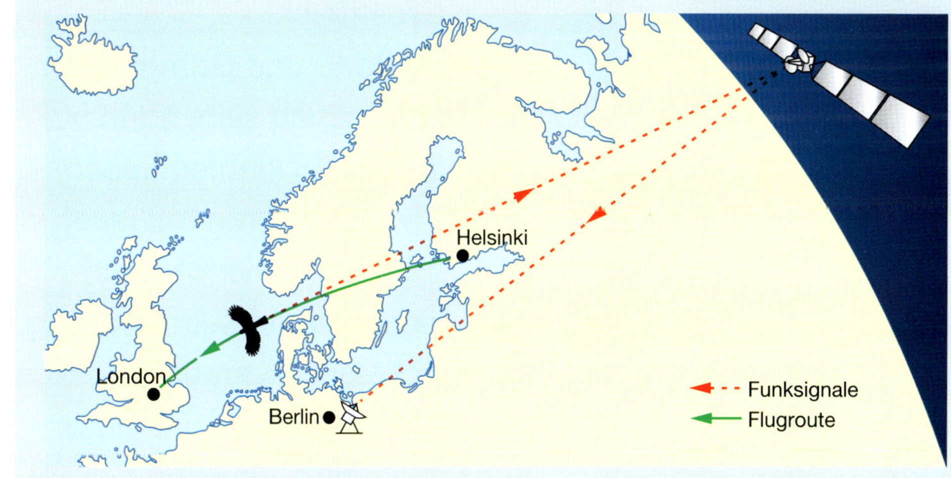

Amseln erleben und schützen

Viele Heckenpflanzen wachsen üblicherweise an Waldrändern, aber auch in Feldgehölzen oder Gartenhecken. Um ihre Samen zu verbreiten, bringen sie für Vögel attraktive Früchte hervor. Die Vögel fressen sie und sorgen für die Samenverbreitung, indem sie die Samen mit dem Kot ausscheiden. Hecken und Gehölze sollten nur im Herbst außerhalb der Brutzeit geschnitten werden, um die Vögel nicht zu stören.

Amsels Lieblingsgarten

Will man Amseln im Garten haben, gestaltet man ihn amselfreundlich. Das hilft nicht nur den Amseln, sondern auch vielen anderen Gartentieren: der Kohlmeise, dem Spatz, dem Igel, der Gartenspitzmaus oder dem Grasfrosch.
Gärten, Park- und Grünanlagen sollten naturnah sein, dann bieten sie Amseln idealen Lebensraum. Dazu gehören auf jeden Fall artenreiche Hecken und Gebüsche, die Amseln Nahrung, Verstecke und Nistmöglichkeiten bieten. Artenreich meint, dass verschiedene Gebüsche nebeneinander die Hecke bilden, zum Beispiel Holunder, Schlehe, Weißdorn und Vogelbeere. Das ist besser als eine reine Kirschlorbeerhecke.

Vögel brauchen Wasser zum Trinken und Baden. Stelle einen großen Blumentopfuntersetzer mit einem Stein darin im Garten auf und fülle täglich frisches Wasser ein. Schon bald kommen regelmäßig viele Gartenvögel zur Vogeltränke und man kann sie gut beobachten. Vogeltränken stellst du am besten so, dass die Vögel anschleichende Katzen frühzeitig erkennen können. Außerdem sollten sie sich mit nassem Gefieder in einem Busch verstecken können.

Holunder

Holunder wächst als Baum oder Strauch mit überhängenden Ästen, an denen weiße Blütendolden und ab August schwarze saftreiche Früchte hängen. Holunderbeeren werden gerne zu Marmelade und Saft verarbeitet.

Schlehe

Die Schlehe wird wegen ihrer pieksigen Dornen auch Schwarzdorn genannt. Sie wächst an warmen, sonnigen Plätzen. Ab September hängen an den Zweigen blaue Früchte, die für Menschen erst nach dem Frost genießbar sind.

Weißdorn

An Waldrändern und in Gebüschen wächst der Weißdorn. Die ovalen, roten Steinfrüchte sitzen ab August in dichten Büscheln. In der Naturheilkunde werden Blüten und Früchte bei Herzkrankheiten als Medikament genutzt.

Vogelbeere

Als Baum oder Strauch nutzt diese Pflanze vielen Tieren: Im Frühjahr besuchen Insekten die weißen Blüten, ab August reifen die erbsengroßen roten Beeren. Bei Drosseln und vielen anderen Vogelarten sind sie sehr beliebt.

Holunder

Schlehe im Frost

Weißdorn

Gegen Übergriffe von Hauskatzen gibt es verschiedene Maßnahmen: Abwehrgürtel um Baumstämme, Drahtgeflechte um Nestbereiche, bei Katzen unbeliebte Pflanzen oder Ultraschallpiepser.

Katze mit erbeuteter Amsel

Auch Amseln haben Feinde

Amseln sind ein wichtiger Bestandteil der Natur. Einerseits fressen sie Insekten, Würmer und andere Kleintiere, andererseits werden sie von größeren Tieren wie Sperber, Fuchs oder Katze gefressen.

Viele Menschen denken, die schlimmsten Amselfeinde sind Marder und Elstern. Aber das trifft so nicht zu. Am stärksten leiden Amselbestände unter kalten Wintern und trockenen Sommern. In beiden Fällen kommen Amseln nicht an genügend Nahrung und verhungern. Im Sommer sind besonders Jungvögel betroffen, wenn ihre Eltern bei anhaltender Trockenheit keine Regenwürmer mehr im Boden finden.

Hauskatzen sind als Beutegreifer eine weitere große Gefahr für Amseln. Sehr viele leben in unseren Siedlungen und können Vögel oder ihre Nester leicht erbeuten.

Die schlauen Eichelhäher lernen schnell, dass Amseln in eintönigen Wäldern immer nur an denselben Stellen in den Bäumen brüten. Dann können sie sich leicht auf Amselnester spezialisieren, um aus ihnen Eier oder Jungvögel zu fressen.

Auch Waldbrände, die Zerstörung von Wäldern, Gehölzen usw. sowie Umweltgifte können Amseln schaden.
Eine neue Gefahr sind Krankheitserreger aus fernen Ländern. Vor einigen Jahren sorgte ein von Stechmücken übertragenes Virus aus Südafrika dafür, dass in Südwestdeutschland viele Singvögel gestorben sind. Auch Amseln sind dem Virus in großer Zahl zum Opfer gefallen. Nur langsam erholen sich die Bestände wieder.

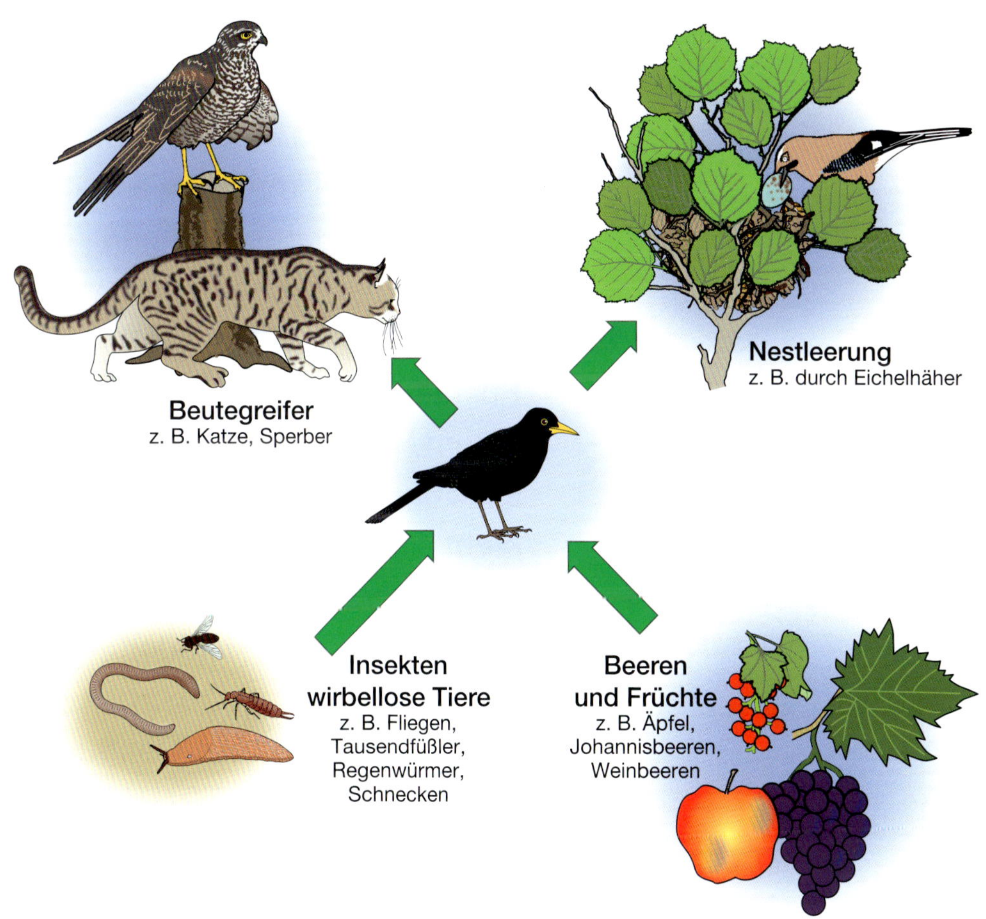

An solchen Spuren könnt ihr erkennen, dass ein Vogel gegen die Scheibe geflogen ist.

Greifvogelaufkleber helfen leider kaum.

Tod am Fenster

Ein großes Vogelschutzproblem ist Fensterglas. Amseln und andere Vögel können die Scheiben nicht erkennen, fliegen ungebremst dagegen und verletzten sich dabei oft tödlich. Fachleute schätzen, dass an jedem Haus Europas jährlich ein Vogel durch Scheibenanprall stirbt – das sind Millionen Vögel jedes Jahr. Stell dir nur vor, wie viele Gebäude es in jeder Stadt gibt!

Je nach Standort des Gebäudes trifft es vom kleinen Zaunkönig bis zum großen Graureiher viele verschiedene Vogelarten.

In Siedlungen sind natürlich die dort lebenden Vögel besonders betroffen, zum Beispiel die Amsel. Oft werden schwarze Greifvogelumrisse auf die Scheiben geklebt, aber die helfen wenig. Am besten ist ein Spezialglas, das die Vogelaugen leicht erkennen können. Aber das ist ziemlich teuer und wird deshalb leider noch selten verwendet.

Eine Notlösung ist ein Spezialstift, mit dem man für Menschen unsichtbare, aber für Vögel erkennbare Linien auf Fensterscheiben malen kann.

Hilfe für kranke oder verletzte Vögel

Kranke Vögel sitzen oft regungslos am Boden, sie flüchten nicht. Ihr Gefieder ist aufgeplustert und wirkt zerzaust.

Verletzte Vögel können nicht mehr fliegen, sie lassen einen Flügel hängen oder bluten am Schnabel.

Die Versorgung solcher hilflosen Vögel ist aufwändig und erfordert Erfahrung und Fachkenntnisse. Und leider kann man diesen Tieren nicht immer helfen.

Wenn du einen kranken oder verletzten Vogel findest, kannst du ihn vorsichtig aufnehmen und in eine Kiste setzen, die du mit einem Tuch ausgepolstert hast. Dann nimm Kontakt mit einem Tierheim oder einer Vogelpflegestation auf. Dort bekommst du einen Rat zum weiteren Vorgehen.

Diese Amsel ist leider tot. Wir haben sie im Garten begraben.

Spiegelfechter

Immer wieder kommt es vor, dass Rotkehlchen, Amseln und andere Vögel gegen Fensterscheiben klopfen, daran hochflattern oder sie mit Kot verschmieren. Dieses Verhalten nennt man Spiegelfechten. Die Vögel erkennen in ihrem Spiegelbild einen Rivalen und greifen ihn unermüdlich an – und trotz aller Anstrengung lässt sich dieser Kerl nicht vertreiben! Sobald die Brutzeit vorüber ist, lassen die Spiegelattacken wieder nach.

Nebenbei bemerkt

Mensch und Amsel
Früher, als Amseln überwiegend im Wald lebten, galten sie für viele Menschen als einsame Einsiedler. Das schwarze, trauerfarbene Federkleid verstärkte diesen Eindruck. Auch sagte man Amseln magische Kräfte nach. So sollten Häuser mit Amseln gegen Blitzschlag geschützt sein. Lange Zeit waren Amseln wegen ihres schönen Gesangs als Käfigvögel geschätzt. Der Amselgesang kommt von allen Vogelgesängen unserem Musikempfinden offenbar am nächsten und lässt sich sogar in Noten aufzeichnen.

Die Amsel als Nutztier
Wie nicht anders zu erwarten, wurden Amseln auch gegessen. Die Römer schätzten ihr Fleisch und züchteten sie in Vogelhäusern. Auf Korsika ist Amselpastete eine Spezialität. Für den Fang anderer Vögel dienten Amseln als Lockvögel. Leider wird auch heute noch in vielen Ländern die Jagd auf Singvögel praktiziert. So bedauerlich die Bejagung ziehender Singvögel ist: Auch wir sorgen in unserer Landschaft oft für die nachhaltige Entwertung oder Zerstörung ihrer Brutgebiete. Beide Faktoren zusammen gefährden manche Arten in ihrem Bestand.

Blackbird
Im Englischen gibt es mit Blackbird den „schwarzen Vogel“. In Europa ist damit unsere Amsel gemeint, man spricht vom Eurasian (= eurasischen) oder Common (= gemeinen) Blackbird.

In Nordamerika meint man mit Blackbirds die Stärlinge. Bekanntester Vertreter ist der Rotschulterstärling oder Red-winged Blackbird. Wenn amerikanische Sänger von Blackbirds singen, ist also nicht unsere Amsel gemeint!

Die Amsel und die Statistik
In Umfragen sind Amseln die bekanntesten und beliebtesten Gartenvögel. Das liegt sicher daran, dass sie zahlreich, weit verbreitet und leicht zu erkennen sind. Bei Zählungen aber liegt der Spatz in Führung:

Projektideen und Spiele

Mitmachen beim Vogelzählen!

Bei den Aktionen „Stunde der Gartenvögel" und „Stunde der Wintervögel" kann jeder mitmachen, der gerne Vögel beobachtet. Man muss an einem bestimmten Wochenende eine Stunde lang alle Vögel im Garten zählen und diese dem Naturschutzbund melden.

Auf den Internetseiten des NABU (www.stunde-der-gartenvoegel.de und www.stunde-der-wintervoegel.de) gibt es ausführliche Informationen zu den Teilnahmebedingungen und wie man die häufigsten Gartenvögel erkennen kann. Deshalb können gerade auch Familien, Kindergärten und Schulklassen teilnehmen und mithelfen, interessante Daten über unsere Vogelwelt zu erfassen.

Die zum Mitmachen benötigten Infoflyer, Zählhilfen und Meldebögen kann man sich ebenfalls auf den genannten Internetseiten herunterladen.

Projekt: Amselreviere erforschen

Vorbereitung

Um herauszufinden, wie viele Amseln in einem bestimmten Gebiet leben, kartieren Vogelkundler ihre Reviere. Das kannst du auch! Dazu benötigst du einen Notizblock und Stift, ein Fernglas und einen Stadtplan. Lege im Stadtplan dein Untersuchungsgebiet fest und skizziere es auf dem Notizblock. Wenn du mehrere Beobachtungstage planst, machst du dir am besten Kopien.

Durchführung

Am besten gehst du mit deiner Gruppe oder mit deinen Eltern an mehreren Tagen im Frühjahr immer wieder alle Straßen und Wege ab und achtest auf Amseln und ihr Verhalten. Zeichne singende Männchen mit einem „S" in die Karte, Nistmaterial transportierende Vögel mit einem „T" und einem Pfeil für die Flugrichtung, kämpfende Amselmännchen mit einem „M/M" (hier genau läuft eine Reviergrenze!). Falls du ein Nest entdeckst, notierst du es mit einem „N" in deiner Karte.

Auswertung

An jedem Beobachtungstag wird eine neue Karte angefertigt und mit Datum, Beobachtungszeit und Hinweisen zur Witterung versehen.
Wenn du von mehreren Begehungen innerhalb mehrerer Wochen die Aufzeichnungen zusammen auf eine Karte einträgst, kannst du die Grenzen und Mittelpunkte der Reviere erkennen.
Bedenke, dass Reviergrenzen nicht starr sind wie unsere Gartenzäune, sondern sich ständig verändern können.
Folgende Fragen können nach den Begehungen beantwortet werden:

- Wie verlaufen die Reviergrenzen im untersuchten Stadtteil?
- Wie viele Reviere gibt es?
- Wie groß sind die Reviere etwa (benutze dazu die Maßstabsangaben des Stadtplans).

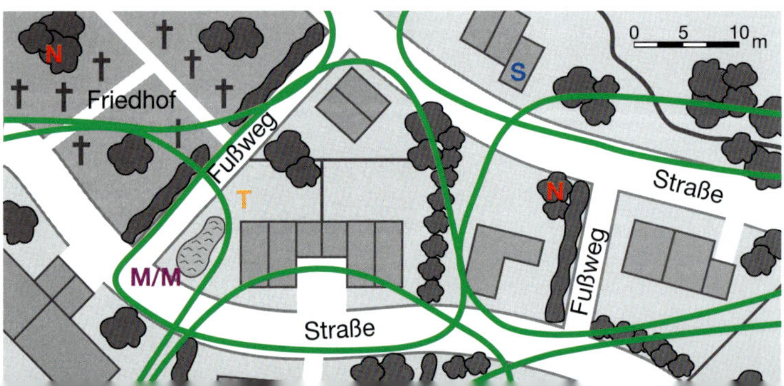

Spiel: Amselgesänge und -töne erkennen

Die verschiedenen Amsellaute und ihre Bedeutung (➔ S. 49) werden mit den Kindern geübt. Anschließend spielt ein Kind die singende Amsel. Je nachdem, welchen Ton das Kind macht, müssen die anderen Kinder „amselgerecht" reagieren: Beim Reviergesang gehen sie auf Abstand; bei einem Warnruf werfen sie sich zu Boden oder verstecken sich unter dem Tisch; auf den Hungerruf eines Jungen gehen sie mit ausgestreckten Händen auf das rufende Kind zu, um ihm Nahrung anzubieten; beim Schlafruf nehmen sie einander an der Hand und suchen einen Schlafplatz auf. Das jeweils am schnellsten richtig reagierende Kind löst die rufende „Amsel" ab. Auf YouTube findet man zahlreiche Clips mit Amselgesängen.

Projekt: Speisekarte der Amseln

Über das Jahr fressen Amseln ganz unterschiedliche Dinge. Es lohnt sich, darüber Buch zu führen. Lies zunächst nochmals ➜ S. 42 über die Ernährung der Amsel nach. Notiere dann in einem Heft, wann welche Amseln was fressen und ob sie die Nahrung bearbeiten. Dazu benötigst du ein Notizheft mit Stift, ein Fernglas und eine Armbanduhr.

Nicht nur die Vielfalt der Nahrung ist erstaunlich, sondern auch die Menge. In Beerensträuchern oder im fruchtenden Efeu sitzen Amseln oft Minuten lang und verschlingen eine große Anzahl Beeren schnell hintereinander. Notiere die Zeitdauer und die Anzahl der aufgenommenen Beeren. Schreibe deine Beobachtungen am besten in ein Heft, dann sind sie alle beisammen. Notiere zu jeder Beobachtung Datum, Uhrzeit und Witterung sowie das Verhalten der Amseln und – soweit möglich – den Namen der Nahrungspflanzen.

Folgende Fragen lassen sich beantworten:

- Was fressen Amseln am liebsten bzw. am häufigsten?
- Welche Unterschiede gibt es zwischen den Jahreszeiten?
- Wie lange nehmen Amseln hintereinander Beeren auf oder fressen einen Fallapfel aus?

Lösung zu S. 43:

Himbeere	Ligusterbeere	Regenwurm	Schmetterlingsraupe
Weißdornbeere	Efeubeere	Maikäfer	Spinne
Johannisbeere	Schnecke	Ameise	

Pflanzliste für den amselfreundlichen Garten
(je nach Standort- und Wuchsbedingungen – nicht jedes Gehölz wächst überall gleich gut)

- Efeu *
- Eibe *
- Gemeiner Schneeball
- Hagebutte
- Heckenkirsche
- Mahonie
- Mehlbeere
- Schneebeere
- Schwarzer Holunder *
- Weißdorn *
- Zwergmispel

In die Pflanzen mit einem * baut die Amsel gern ihr Nest.

Mitmachbewegung:

Die Strophen können szenisch nachgespielt werden. In den Refrains wird eine Hand zu einem Schnabel geformt, der dann z. B. „Tschirp“ (oder andere Amsellaute ➜ S. 49) singt oder auf den Boden pickt.

Zum Reinhören:
Auf YouTube unter folgendem Link: https://youtu.be/_tfCS-W9oRw

Weitere Lieder von Cattu, dem Traumfänger, unter www.cattu.de.

Kleine Amsel

1. Strophe

G D
Kleine Amsel, flieg zu deinem Nest,
D7 G
kleine Amsel, flieg!
G D
Kleine Amsel, flieg zu deinem Nest,
D7 G
das versteckt in der Hecke liegt.
D7
Tschirp, tschirp, tschirp, tschirp,
tschi___rp. (2 x)

2. Strophe

Kleine Amsel, pick dir einen Wurm,
kleine Amsel, pick!
Kleine Amsel, pick dir einen Wurm!
Mit dem Schnabel bist du sehr geschickt.
Pick, pick, pick, pick, pick. (2 x)

3. Strophe

Kleine Amsel, bring ihn in dein Nest,
kleine Amsel, bring!
Kleine Amsel, bring ihn in dein Nest,
deine Küken hört man freudig singen.
Zit, zit, zit, zit, zi____t. (2 x)

4. Strophe (in g-moll)

g D
Kleine Amsel, sei ja vorsichtig,
D7 g
sei ja vorsichtig!
g D
Kleine Amsel, sei ja vorsichtig,
D7 g
dass die Katze dich nicht kriegt!
D7
Nimm dich ja in Acht! (2 x)

5. Strophe (wieder in G-Dur)

Kleine Amsel, sing uns noch ein Lied,
kleine Amsel, sing!
Kleine Amsel, sing uns noch ein Lied!
Lass dein Abendlied erklingen!
Tschirp, tschirp, tschirp, tschirp,
tschi___rp. (2 x)

6. Strophe

Kleine Amsel, schlafen musst auch du,
kleine Amsel, schlaf!
Kleine Amsel, schlafen musst auch du,
mach im Nest deine Augen zu.
Tix, tix, tix, tix, ti____x (2 X)
(immer leiser und langsamer werden)

Spielidee: Regenwürmer hören

Wenn Amseln Regenwürmer hören können, dann sollten Menschen das auch mal versuchen. Natürlich wird auf dem Boden gespielt.

Einem Kind werden die Augen verbunden, damit es besser hören kann. Die anderen Kinder sitzen im Halbkreis vor ihm und haben „Würmer“ (kurze Schnurstücke, kleine trockene Zweige), die sie auf den „Rasen“ vor der Amsel werfen. Der Rasen kann ein Stück Tapete sein oder nur ein mit Kreide markierter Bereich.

Wichtig ist, dass das Landen der Würmer hörbar ist. Nun kann das „Amsel“-Kind blitzschnell in die Richtung greifen, aus der es den „Wurm“ gehört hat. Je nach Gruppengröße und gewünschtem Schwierigkeitsgrad sollten die „Würmer“ groß genug zum blinden Ergreifen sein und die Unterlage sogar rascheln. Die Anzahl der Würmer pro Runde wird der Situation angepasst.

Man könnte zusätzlich auch demonstrieren, wie sich ein echter Regenwurm „anhört“: Ein Regenwurm wird in ein Einmachglas gelegt, das Glas mit Butterbrotpapier verschlossen (gehalten durch einen Gummiring). Das Glas wird vorsichtig gekippt, sodass der Regenwurm auf dem Butterbrotpapier liegt. Das Kind hält sich das Butterbrotpapier direkt ans Ohr. Deutlich sind die Kratzgeräusche der Borsten des sich bewegenden Regenwurms zu hören.

Amsel-Bildergeschichte erzählen

Jedes Kind bekommt je eine Fotokopie der beiden Bildtafeln und schneidet die Fotos aus. Nun werden die Bilder in eine schlüssige Reihenfolge gelegt und dazu eine fantasievolle Geschichte erzählt.

EC135

Mit der Überwachungskamera belauscht: Tagsüber und auch die ganze Nacht sitzt das brütende Weibchen auf dem Nest. Es verlässt seine Eier am Tag nur für kurze Brutpausen, um zu fressen und sich zu putzen.

Diese Amsel brütet auf den Trägern des Wintergartens. Unter dem Weibchen kann man die Schnäbel der bettelnden Jungvögel erkennen.

Spielideen

Singwarte

Mit diesem Singspiel lassen sich gut Wartezeiten überbrücken. Da bekommt der Begriff „Singwarte“ (➜ S. 9) eine ganz neue Bedeutung!

Erster Sänger, meist der Erzieher/die Erzieherin:
„Was singst denn du?
Wir hören zu.
Ach lieber …, sing ein Lied, sing ein Lied, sing ein Lied,
Ach lieber …, sing ein Lied, wir hören zu.“

Zweiter Sänger, das … genannte Kind, singt ein beliebiges Lied vor. (Dazu könnte sich das Kind auf eine „Singwarte“ stellen.)

Jedes Kind fordert nach seinem Lied die nächste Sängerin/den nächsten Sänger auf. Dazu wiederholt es die erste Strophe:
„Was singst denn du?
Wir hören zu. Usw.“

Zum Schluss klatschen alle Kinder.

Nest bauen

„Nest bauen“ ist ein Vorschlag für ein Bewegungsspiel draußen.
Die Kinder sollen versuchen, ebenfalls ein Nest zu bauen – aber nicht mit beiden Händen, das wäre ja zu leicht. Ihnen steht nur eine Hand zur Verfügung, die andere liegt auf dem Rücken oder imitiert Flügelbewegungen.

Vielleicht sind die Kinder paarweise aufgeteilt, dann kontrolliert das Männchen, ob das Weibchen sich an die Regeln hält – oder umgekehrt. Vielleicht sind aber auch alle Kinder Amselweibchen.
Ziele können Schnelligkeit, Festigkeit, die beste Tarnung oder die größte Ähnlichkeit zum Original (Baumaterialien, Größe) sein.

Noch anspruchsvoller ist es, wenn die Materialien in der richtigen Reihenfolge verbaut werden: dünne Zeige, Halme, Wurzeln und Moos für den Nestboden und die Wände; Verputzen des Nestnapfes mit feuchter Erde; Auspolstern mit weichem Moos, Federn u. Ä. (➜ S. 26).

Impressum, Literatur, Bildnachweise

Impressum

www.vkgw.de
ISBN: 978-3-89432-142-0
Grafiken: Elisabeth Galas, Bad Breisig
Satz und Layout: ISM Satz- und Reprostudio GmbH, München
Druck und Bindung: Westarp & Partner Digitaldruck. Printed in Serbia.

Über die Autoren

Dr. Stefan Bosch (links) lebt in Süddeutschland und arbeitet als Anästhesist und Notfallmediziner. Mit Vögeln und Säugetieren beschäftigt er sich „im Auftrag der eigenen Neugier" seit seiner Jugend. Er leitet Kinderferienprogramme sowie naturkundliche Exkursionen für den Naturschutzbund Deutschland und hält Vorträge. Über seine Beobachtungen und Naturerlebnisse erschienen zahlreiche wissenschaftliche und populärwissenschaftliche Beiträge in Fachzeitschriften, Büchern und Broschüren. Seit über 20 Jahren gehört er zur Redaktion des Magazins „Naturschutz heute".

Dr. Peter Lurz (rechts) arbeitet an der Universität in Edinburgh. Schwerpunkte in seiner 25-jährigen Forschertätigkeit sind die Bereiche Ökologie, eingeführte Arten (Neozoen) und angewandter Naturschutz. Seine Arbeit und Ergebnisse sind in wissenschaftlichen Artikeln, populärwissenschaftlichen Beiträgen in Fachzeitschriften und Büchern zu finden.

Literatur

Ackermann, A. M. (2011): Beethoven aus den Bäumen: ein ornithologisches und musikologisches Rätsel. VÖGEL, Heft 04/11: 50-52 – Blaufelden (dwj Verlags-GmbH)

Bauer, H. G., E. Bezzel, W. Fiedler (2005): Kompendium der Vögel Mitteleuropas. – Wiebelsheim (Aula-Verlag), 1600 S.

Bosch, S. (2011): Phänomen „amselfreier" August: Wo sind die Amseln *Turdus merula* im Spätsommer? Ornithol. Mitt. 63: 375-379 – Halle (Saale).

Bosch, S. & P. W. W. Lurz (2016): Verstädterung eines Waldvogels: Stadtamseln sind anders. Biologie in unserer Zeit 46 (3/2016): 184-189.

Bosch, S. & J. Schmidt-Chanasit (2011): Erster Usutu-Virus-Ausbruch in Deutschland verursacht Amselsterben in der nördlichen Oberrheinebene. Ornithol. Schnellmitt. Bad.-Württ. N.F. 95: 6-9 – Bad Buchau.

Glutz von Blotzheim, U. N. (Hrsg.) (1988): Handbuch der Vögel Mitteleuropas Band 11-II. – Wiebelsheim (Aula-Verlag), 498 S.

Stephan, B. (1999): Die Amsel. Neue Brehm-Bücherei 95, Westarp Wissenschaften, Hohenwarsleben.

Ziegler et al. (2015): Epidemic spread of Usutu virus in southwest Germany in 2011 to 2013 and monitoring of wild birds for Usutu and West Nile viruses. Vector-borne and zoonotic diseases 15: 488-495. (Diese Arbeit dokumentiert den Rückgang der Fälle über die Jahre in Deutschland.)

Nützliche Links

www.stunde-der-gartenvoegel.de
www.stunde-der-wintervoegel.de

Bildnachweise

Bosch, Stefan & Lurz, Peter W. W. alle Fotos außer:
Fotolia Deutschland, Berlin, © www.fotolia.de: mfotohaus S. 6/1; Karin Jähne S. 6/2; Iffile S. 10/1, S. 14/2; sid221 S. 12/2; Xaver Klaussner S. 12/3; Birgit Brandlhuber S. 13/2; Carola Schubbel S. 14/1; Carola Vahldiek S. 14/3, S. 15/1; esqueleto11 S. 15/2; John Sandoy S. 15/3; matt_82 S. 15/4; gallinago_media S. 15/5; Erni S. 15/6; Clemens Schüßler S. 15/7; Vitaly Ilyasov S. 23/1; creativenature.nl S. 23/2; Karin Jähne S. 23/3; Tony S. 39/2; unicusx S. 39/3; Lilifox S. 39/4; Jana Behr S. 41/1; gitusik S. 43/3; So happy S. 43/7; Cora Müller S. 43/8; prophoto24 S. 43/11; NFSR S. 44/1; gradi1975 S. 44/2; plastique S. 51/1; milkovasa S. 58/1.
Frost, Dr. Andreas: S. 70/2.
Gässler, Hans-Otto: S. 67.
Glüer, Bernd: S. 33/3, S. 69/1.
Straub, Peter: S. 51/2.